南京版

第四辑

我也会发明

I AM ALSO AN INVENTOR

策　　划　诸敏刚
撰　　文　李丹芷

知识产权出版社
全国百佳图书出版单位
—北京—

图书在版编目（CIP）数据

我也会发明．第四辑：南京版／诸敏刚策划；李丹芷撰文．— 北京：知识产权出版社，2021.3
ISBN 978-7-5130-7300-4

Ⅰ．①我… Ⅱ．①诸… ②李… Ⅲ．①故事—作品集—中国—当代 Ⅳ．① I247.81

中国版本图书馆 CIP 数据核字（2020）第 220867 号

责任编辑：孙 昕　　**责任校对：**王 岩
装帧设计：智兴设计室·索晓青　　**责任印制：**刘译文

我也会发明 第四辑（南京版）
策　　划 诸敏刚
撰　　文 李丹芷
绘　　画 智兴设计室·索晓青
封面插画 宁晓宏

出版发行：知识产权出版社有限责任公司　　**网　　址：**http：//www.ipph.cn
社　　址：北京市海淀区气象路 50 号院　　**邮　　编：**100081
责编电话：010-82000860 转 8111　　**责编邮箱：**sunxinmlxq@126.com
发行电话：010-82000860 转 8101/8102　　**发行传真：**010-82000893/82005070/82000270
印　　刷：三河市国英印务有限公司　　**经　　销：**各大网上书店、新华书店及相关专业书店
开　　本：890mm × 1240mm　1/24　　**印　　张：**4
版　　次：2021 年 3 月第 1 版　　**印　　次：**2021 年 3 月第 1 次印刷
字　　数：50 千字　　**定　　价：**49.00 元

ISBN 978-7-5130-7300-4

我也会发明
I AM ALSO AN INVENTOR

编委会

留住孩子的想象力，就留住了国家和民族的未来（代序）

诸敏刚

党的十九大报告中指出，加快建设创新型国家，要倡导创新文化，培育和践行社会主义核心价值观，“要以培养担当民族复兴大任的时代新人为着眼点，强化教育引导、实践养成、制度保障，发挥社会主义核心价值观对国民教育、精神文明创建、精神文化产品创作生产传播的引领作用，把社会主义核心价值观融入社会发展各方面，转化为人民的情感认同和行为习惯。坚持全民行动、干部带头，从家庭做起，从娃娃抓起。”只有扎实做好青少年创新创造能力的培养，才能提供充沛的创新人才储备，满足创新驱动发展战略的迫切需求。

唯改革者进，唯创新者强，唯改革创新者胜。在此背景下，知识产权出版社首创并出版“我也会发明”系列小说正恰逢其时。小说以“遇到问题—受到启发—解决问题”为基本框架，集科学性、知识性、趣味性、可读性于一身，寓教于乐，通过100个讲述发明创造的精彩故事，启发青少年的发明创造思维，培养青少年的创新意识，提升青少年的科学素养和科技创新水平。

除纸质图书外，知识产权出版社还着手打造动漫产品，以更好满足青少年们的多层次需求。项目组邀请到国际著名“童话大王”郑渊洁先生为《我也会发明（第一辑）》写序，他欣然接受。他在序言中阐明了想象力对国家和民族未来产生的深远影响，指出了孩子们天生拥有想象力，激发了家长对孩子们创新、创造力及财商培养的意识，并发出“留住孩子的想象力，就留住了国家和民族的未来”的强烈呼吁。我们深信，“我也会发明”系列小说、动漫项目必将有效促进青少年创新意识、创造能力的有效挖掘和提升，增强青少年的科技素养和科技创新水平，从而为培育和储备未来创新型人才、建设创新型国家作出贡献。

青少年创新、创造力的培养，是实现“中国梦”的重要途径。中国梦是历史的、现实的，也是未来的；是我们这一代的，更是青年一代的。只有一代代青年接力奋斗，中华民族伟大复兴的中国梦才能变为现实。青年最有朝气、最有活力、最有创造精神，是中国特色社会主义新时代勇立潮头的弄潮儿。为青年搭建实践创新的舞台，为青年提供开启智慧大门的钥匙，为青年打造启发创新创造思维的作品，有助于让他们在学习生活中积极思考、善于开拓、勇于创新，有助于他们在实现中国梦的同时放飞青春梦想，有助于让他们站在巨人的肩膀上书写新的篇章。

青少年创新、创造力的培养，是加快知识产权强国建设的新形势需求。为真正实现创造力培养“从娃娃抓起”，近年来，国家知识产权局高度重视青少年创新意识、创造能力的培养。《国家知识产权战略纲要》和《深入实施国家知识产权战略行动计划（2014—2020年）》的颁布实施，为青少年创新意识、创造能力的培养提供了政策指引和行动指南。与此同时，科技部、教育部和中国科协等单位也一直在采取积极措施提高青少年的创造能力。培养青少年创新创造意识，对促进国家创业创新蓬勃开展，对集聚发展新动能、提高国家创新力、打造竞争未来新优势，凝聚更多知识产权强国建设强大合力，具有重要意义。

青少年创新、创造能力的培养，是推动大众创业万众创新的人才支撑。青年一代有理想、有本领、有担当，国家就有前途，民族就有希望。青少年是我国社会主义现代化建设的接班人，他们蕴藏着无限的创造力。只有大力开发和提高青少年的创造能力，才能为我国科技创新和经济转型升级储备人才，才能进一步驱动我国经济社会向前发展，才能发动大众创业万众创新的强大引擎，从而实现中华民族的伟大复兴。

南京市一贯重视青少年知识产权教育和创新、创造力的培养，南京市市场监督管理局（知识产权局）联合市教育局，在全市中小学校范围开展了“我也会发明”进校园活动，通过形式多样的科技实践活动，为学生搭建了一个展示才华、展现创新能力的舞台，也为本册图书提供了素材。少年智，则国智；少年强，则国强。青少年创新、创造力的培养功在当代、利在千秋。作为知识产权出版领域从业者，我们更当在党的十九大精神的鼓舞下，把力量凝聚到创新驱动发展上来，不断推陈出新、努力打造精品，积极致力于青少年创新、创造力培养，为全面建成创新型国家、实现中华民族伟大复兴的中国梦作出贡献！

（作者系知识产权出版社有限责任公司党委书记、董事长、总经理）

我也会发明

目 录

我也会发明

1

放雨伞的“糖果盘”

素材提供

南京市江北新区玉带实验学校
发明学生：祁苏 祝福
指导教师：杨荣基

我也会发明

绿色的夏天，是繁花盛开的世界。在炎热的日子里，雨水给夏季带来丝丝的凉意。权权早早地起床，凝视着玻璃上不断滑落的雨滴。

“权权，在想什么呢？”妈妈兴高采烈地说道，“快穿上你的小礼服，我给你打扮一下！”今天，妈妈、爸爸要带着权权和姗姗妹妹去参加小兰阿姨的婚礼。

“妈妈，下这么大的雨，会不会把我的礼服弄湿了？”

“没事的，咱们打着伞呢！”妈妈笑着说道，“快让我看看咱们的小花童！”

权权穿着一身黑白相间的小礼服，领口处系着一个红色的领结，在镜子前摆着各种造型，自言自语道：“我真是太帅啦！”一路上，权权兴奋极了，拿着手上的小雨伞转来转去，雨伞上的小雨珠调皮地跳动着。

走进礼堂，一条鲜红的地毯映入眼帘，一直延伸到鲜花做的拱形门里，权权想，鲜花拱形门应该是新郎给新娘送花的地方吧。餐桌上好多好吃的啊！五颜六色的糖果吸引着权权和姗姗妹妹，那个多层花瓣形状的糖果盘更是引起了权权的注意，他第一次见到多层的糖果盘，心想：这个盘子真好，不但能装很多的糖果，还能节省桌子上的空间呢！权权正想得入迷，妈妈走过来说道："权权，婚礼就要开始了，小花童准备上场吧！"

婚礼进行曲响起，新郎、新娘在亲朋好友的注视下缓缓进场，走在新人前面的就是可爱的小花童权权，他认真而紧张撒着花瓣的可爱模样，也吸引了大家的目光。在交换戒指仪式上，权权小心翼翼地给新郎、新娘递上钻戒，这给婚礼增添了温馨与浪漫。

在大家的祝福声中，婚礼仪式结束了。

“耶！终于可以吃饭了！”权权和姗姗妹妹一边说着，一边跟随家人围坐在餐桌旁，津津有味地吃了起来。没过一会儿，他俩就吃饱了。

“权权，你带着妹妹在旁边玩儿吧，注意不要乱跑，小心摔倒哦！”妈妈嘱咐道。

姗姗跑得快，一眨眼的工夫已经跑出去了，权权连忙跟了上去。来到饭店大厅的门口，姗姗不见了踪影，只见地上撑开的雨伞摆放得杂乱无章，雨伞上的雨水流淌到地上，地面湿滑。在雨伞丛中，权权找到了姗姗。“姗姗，不要跑，小心滑倒！”权权紧张地说道。话音未落，只听“啪”的一声，姗姗摔在了地上，痛得哇哇大哭。

这时，妈妈正好赶了过来：“哎呀，叫你们不要乱跑的！”

“地上都是雨水，太滑啦！”权权皱着眉头无奈地说道。

回到家后，权权陷入了思考：在雨季，怎样才能使公共场所的雨伞存放整齐，又保持地面干燥呢？

他想起了之前发明的一个可折叠的班级雨伞架，这个班级雨伞架虽然可以把雨伞整理好，可是公共场所的雨伞太多了，大家纷纷挂雨伞、取雨伞的时候一定会很拥挤，挂取的过程也不方便……权权托着腮，在纸上写写画画。

爸爸走过来，说道：“今天小花童表现得不错，怎么还闷闷不乐呢？”

“爸爸，今天在饭店门口，雨伞上的雨水都流在地面上，姗姗妹妹滑倒了，哭了好久呢……所以，我想发明一个能在公共场所存放雨伞的架子……”

“哈哈，我们权权现在有当哥哥的样子了！雨伞架？你不是已经发明过了吗？现在还摆在你的班级里呢！”

我也会发明

“我也想过这个问题，可班级雨伞架放在公共场所，大家挂取雨伞的时候也不方便……要是我们的雨伞架能放更多的雨伞，更方便人们挂取就好了！”

“嗯，想法不错，但是也不要被‘架子’限制住了思考方向，能存放雨伞的可不只有‘架子’的形状，其他形状的装置也可以存放雨伞呢，”爸爸拍了拍权权的肩膀，说道，“爸爸相信你一定可以想出好办法的！”

听了爸爸这番话，权权茅塞顿开：“对呀！解决这个问题的思路，不一定只有一条！可是，还有什么形状的装置可以方便存放雨伞呢……”

晚上，权权躺在床上，回忆着今天发生的事。礼堂里的美丽鲜花、新娘的洁白婚纱、闪闪发光的钻戒、一桌子的美食，还有满地湿漉漉的雨伞……这些画面像放电影一样在权权脑海中一一闪现。“对了！”权权在脑海中找到了这个画面：“多层花瓣形状的糖果盘！如果把这个糖果盘做大，变成很大的糖果盘，那盘子里就可以放很多把雨伞啦！然后呢……盘子里的水需要流出来……”他越想越兴奋，从床上跳了起来，开始坐在书桌前写写画画。

爸爸轻轻地推开权权的房门，看到权权在桌子上画画，就知道权权又有奇思妙想了，问道：“有新的想法了？”

“嗯！爸爸，你看看这个怎么样？”权权把他刚画好的图展示给爸爸。

权权的想法

公共场所雨伞存放架

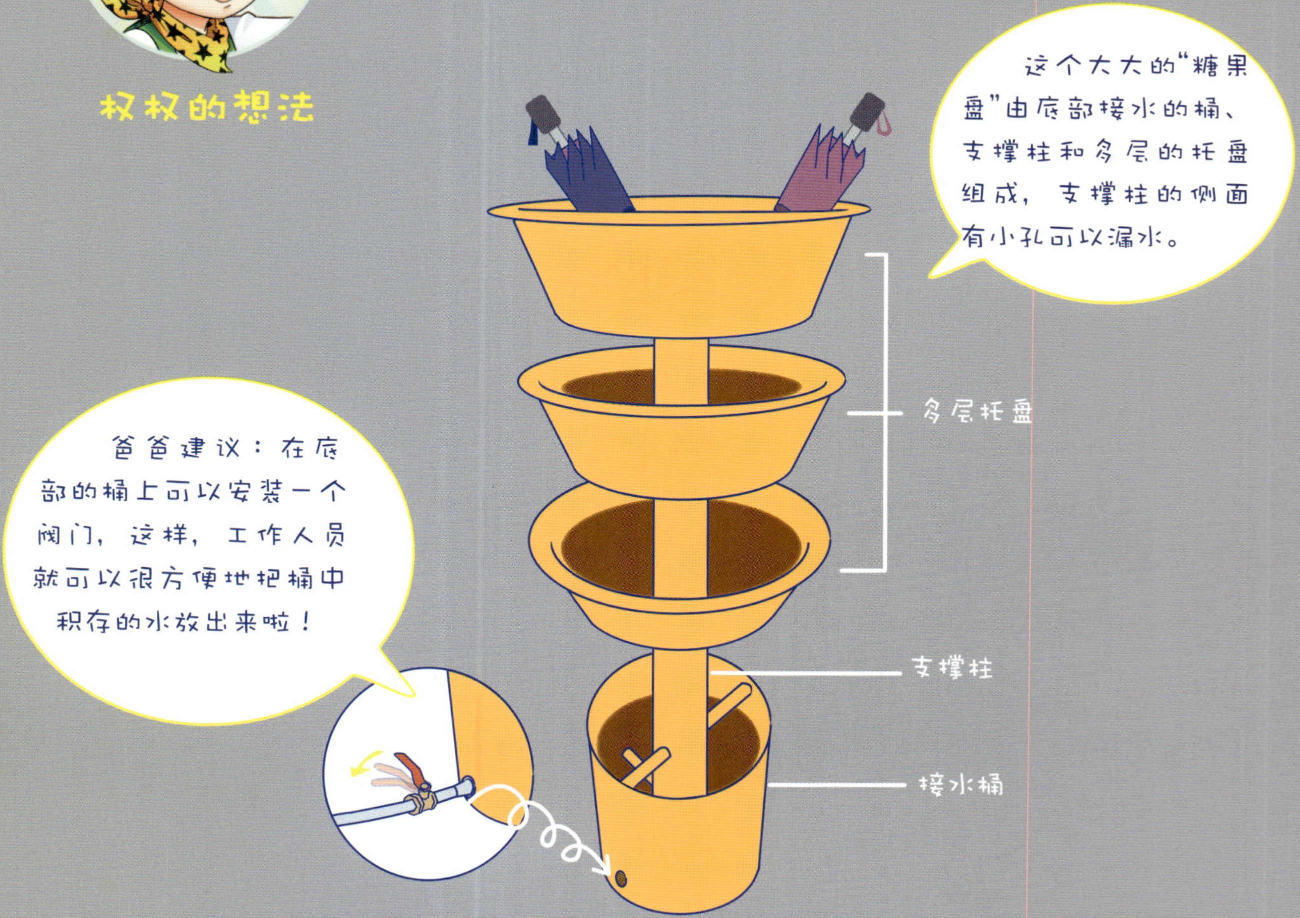

“你俩都把我吵醒了！”妈妈揉着眼睛走了过来，“讨论什么呢，这么热闹？”

“我们权权又有一个新发明呢！”爸爸自豪地说道。

权权把他的想法告诉妈妈，妈妈听后说道：“这个发明还有改进的空间呢……”

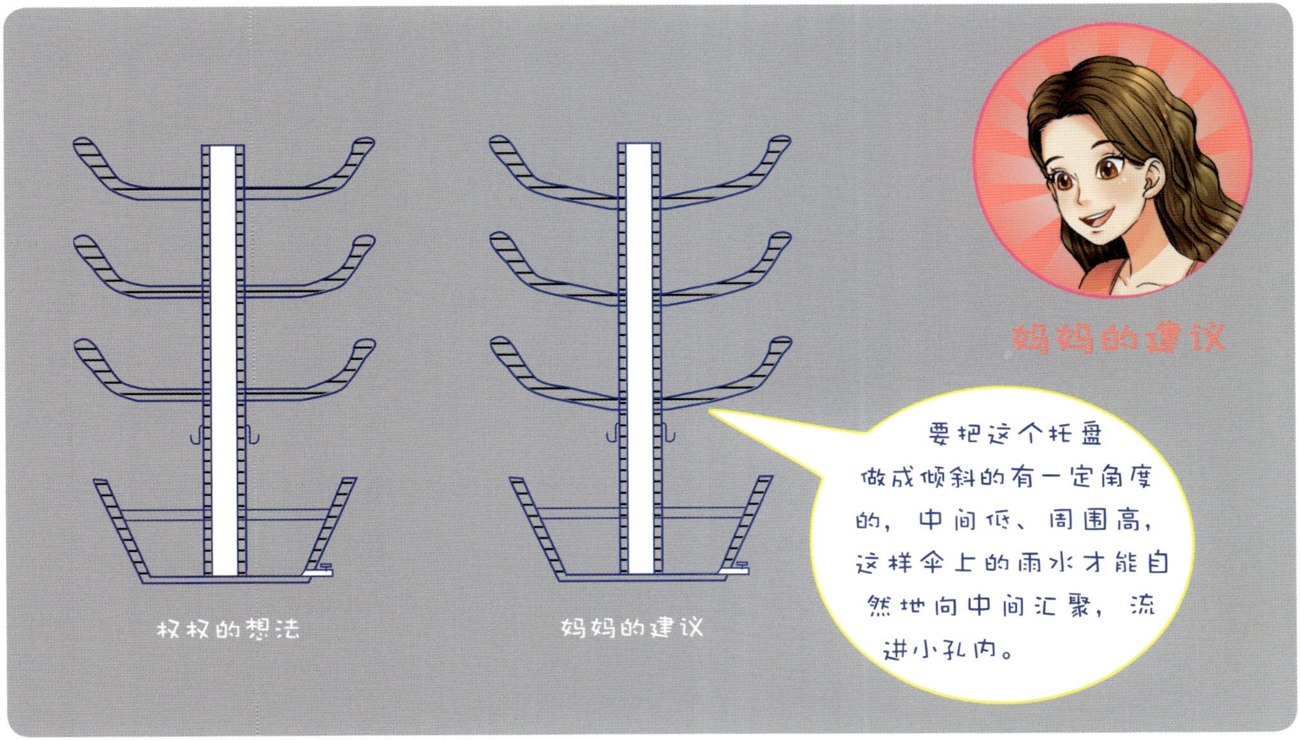

“哎呀，我们两个竟然忽视了这个问题！”爸爸笑着说道。

看来，这个发明是我们一家人一起完成的呀！

夜已深，窗外的小雨还在淅淅沥沥地下着，在雨滴敲击出的美妙节奏中，权权安心地睡着了。

结束

The end

看完《放雨伞的“糖果盘”》，
你想到了什么？（写一写，画一画）

我也会发明

2

电子秤抄鱼网

素材提供

南京市江宁区铜山中心小学
发明学生：陶静姝
指导教师：陶武

我也会发明

金秋时节，天高云淡。飒爽的秋风轻轻掠过，顽皮地拉扯掉几片金黄的树叶。

周五下午，妈妈去接权权放学。

“权权，今天晚上想吃什么呀？”妈妈问道。

权权眨着眼睛，把脑海中所有吃过的美食都回忆了一遍，说道：“我想吃鱼啦！”

“好啊，咱们去菜市场买鱼吧！”妈妈带着权权来到了菜市场。

菜市场里人来人往，摊位上新鲜蔬菜和水果摆放得井然有序，人们不由得拿起来这个看一看、那个掂一掂，不停地询问着价格。水产区是权权最喜欢去的地方啦，水缸

里的鱼虾又蹦又跳，溅出许多水花。

“就这条吧！”妈妈指着一条又肥又壮的鲤鱼说道。

“好嘞！”卖鱼的大叔用抄鱼网娴熟地用力一捞，鲤鱼使劲摆了几下尾，就被抄在网里了。卖鱼大叔把鱼放在台式电子秤的托盘上准备称重，可是鲤鱼在拼命地摆动，好像随时都有可能跳下来一样。权权心想：鲤鱼啊，你可要乖乖的，千万别跳下来吓唬我呀！他正担心着，偏偏这时，鲤鱼真的从台式电子秤的托盘里跳了出来，还溅了权权一身水，吓得权权大喊着，连忙躲在妈妈身后。妈妈笑着说：“怕什么，鲤鱼又不咬人！”卖鱼大叔手忙脚乱地准备把鲤鱼“捉拿归案”，可这条鱼“身手敏捷”，一身滑溜溜的鳞片加上几招“神龙摆尾”，几次都从卖鱼大叔的手中溜走，“哎呀……哎呀……怎么回事？”大叔有些尴尬地嘟囔着，一边捉鱼，一边擦汗，在一番“围追堵截”下，鲤鱼又被放在台式电子秤的托盘里，可以称重了。

“这条鱼可真是高手啊！费这么大劲儿才把它捉住！怎样才能让鱼乖乖地称重呢？”权权开始思考起来。

周末，爸爸打算带着权权去钓鱼。“爸爸，我们明天什么时候去钓鱼呀？”权权期待地问。

“上午去吧！”爸爸说道。

“为什么不能是下午呢？我上午还想睡懒觉呢！”

“小懒虫！钓鱼的最佳时间是上午六点到九点，九点以后水温升高，鱼儿就要游到水温较低、水较深的地方，你就很难钓到鱼啦！”

第二天一早，爸爸带着权权来到小河边，准备钓鱼啦！

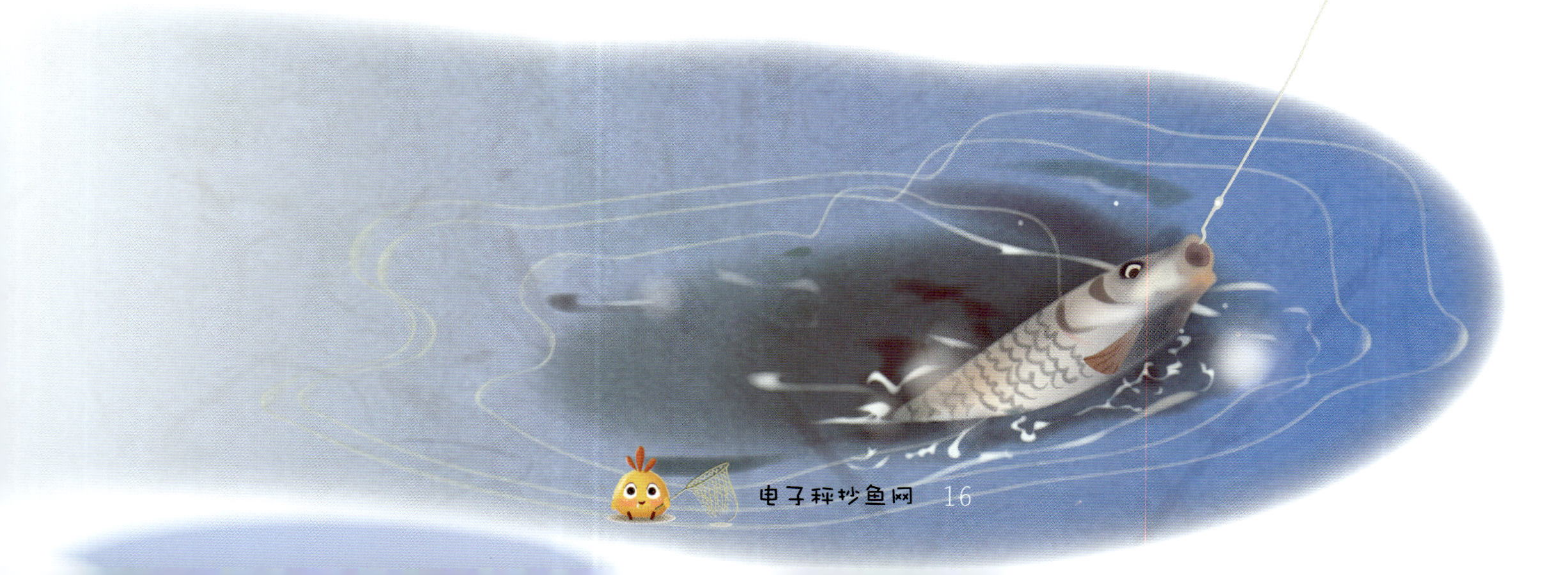

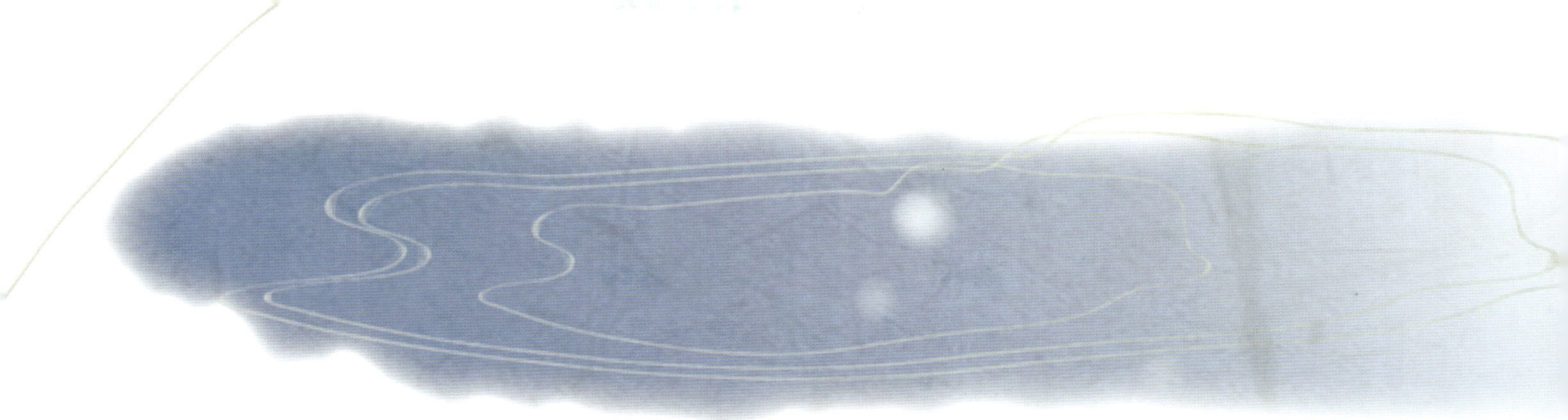

“爸爸，我们来个钓鱼比赛吧！”

“比谁钓的多吗？那你可比不过我，我可是钓鱼高手呢！”

权权转了转眼珠，说道：“比谁钓的鱼更大！”

权权目不转睛地看着鱼漂，鱼漂刚一动，权权就猛地提起鱼竿，结果鱼没有钓上来，还把周围的鱼都给吓跑啦！

爸爸说道：“别急啊！你把我的鱼都给吓跑啦！”

权权撇了撇嘴，挠了挠头，继续等待。过了一会儿，鱼漂又有动静了，爸爸看了一眼，兴奋地说：“提！”权权猛地提起鱼竿，瞬间感觉有东西使劲地往下拽，把鱼竿都拽弯了，权权高兴地大叫：“我钓到鱼了！太棒啦！”

“真是一条大鱼！权权，你太厉害啦！”爸爸帮忙把钓上来的鱼放进桶里。

“老爸，接下来就看你了哦！看看你钓的有没有我钓的鱼大！”权权昂首挺胸，自豪地说道。

爸爸指了指水中，示意他安静。权权蹑手蹑脚地走向前去一看，发现爸爸钓竿下的鱼漂不见了，爸爸找准时机用力一提，一条鱼上钩了。“这条鱼好大！”权权心里在盘算着能不能赢爸爸。

“来吧，比一比谁钓的鱼更大！”爸爸自信地说道。权权仔细地对比了一下，发现爸爸钓的鱼比较长，他钓的鱼虽然比爸爸的短，但是头部比较大。他脑筋一转：“要不，比重量吧！”

“好啊，比就比！”爸爸找来了便携式电子秤，准备给两条鱼称重。他先用抄鱼网抄起一条鱼，将电子秤下的挂钩挂在抄鱼网上，提起电子秤想看读数，可是这条鱼在网里不停地摆动，电子秤的读数也不停地变化；在给另一条鱼称重时，鱼还差点儿跳出抄鱼网……称出重量后，还要减去抄鱼网的重量。爸爸费了好大的劲儿才称出两条鱼的重量，“我的鱼是450克……你的鱼是500克！”爸爸垂头丧气地说道，“虽然我钓的鱼看起来长一点，但你的更重些，还是你赢啦！”

虽然赢得了比赛，权权却皱着眉头，盯着电子秤陷入沉思。

“权权，你都赢了，怎么还皱着眉头呢？”爸爸看着发呆的权权，一脸疑惑。

“爸爸，我想到了一个好办法！”权权突然灵光一闪。

“什么……好办法？”爸爸不解地问。

“如果我们能把便携式电子秤和抄鱼网结合起来，只要一抄起鱼来就能读出鱼的重量，那该多好。咱们能不能试着把电子秤和抄鱼网组装起来？”

“哦，你这么一说，还真是，刚刚那条鱼差点儿从抄鱼网里蹦出来，我一手提着电子秤，一手还得扶着抄鱼网，费了好大劲儿才称出重量来！不错，发现问题比解决问题还重要呢！咱们一起动手试试吧！”

带电子秤的抄鱼网

权权的想法

使用时先按下开关键启动电子秤；

再按下复位键使电子秤的液晶屏示数归零，这样，用抄鱼网抄鱼的时候，电子秤就会自动读数了。

经过一番努力，爸爸和权权把便携式电子秤安装到抄鱼网的把手上。

妈妈看到权权的新发明后，开心地说道：“这个发明太实用啦！这样，在菜市场买鱼时，从鱼缸中用抄鱼网把鱼捞上来，商贩就直接能看到鱼的重量。……如果能增加设置显示价格，商贩就直接告诉顾客付多少钱，会更加方便的！权权动动脑筋，继续思考吧！”

爸爸对妈妈说：“权权有这么好的发明，咱们得给他奖励点什么吧？”

权权兴奋地瞪大了眼睛，迫不及待地问道：“奖励什么？”

妈妈想了想，说道：“一家三口的自驾游！怎么样？”

“太棒啦！”权权开心地跳了起来。

结束

The end

看完《电子秤抄鱼网》，你想到了什么？

（写一写，画一画）

我也会发明

3 不怕背光的高速公路指示牌

素材提供

南京市秦淮区第一中心小学
发明学生：江莱
指导教师：王玮

盼望着，盼望着，权权期待的一家人自驾游终于要启程啦！

车窗外，秋色宜人。蔚蓝的天空下，繁茂的植被给远山披上了金黄色，白云倒映在清澈的湖泊里，像一艘艘白色的小船，缓缓划过波光粼粼的湖面。小轿车疾驰在高速公路上，一幅幅美丽的画面向后退，退成充满诗意的风景，权权陶醉在这美丽的景色中。

不知不觉，已是傍晚时分。夕阳挥洒在天地间，天边玫瑰色的霞光为大地披上了亮闪闪的衣裳。

“该到出口了吧？”妈妈提醒道，“看看这牌子上写的什么？”

“是出口吗？看不清啊……”夕阳调皮地藏在指示牌后方。爸爸看不清楚指示牌上关于方向和距离的信息。“糟了！我们错过下高速的出口了！”爸爸无奈地说道。

“高速公路的指示牌就怕背光！为了看清指示牌，司机临时变道是很危险的……”妈妈皱着眉头说道。

权权听见了妈妈和爸爸的对话，拿出手机查了一下，“高速公路临时变道引发的交通事故，有 12.2 万条信息呢！”权权不由得感叹道，“因错过出口而引发事故的信息竟然有 159 万条！”权权倒吸了一口凉气。他陷入了深深的思考：高速公路指示牌在背光的情况下，竟然会失去指示作用！有没有办法解决这个问题呢？

经过一天的长途跋涉，一家人终于到达目的地。

“好饿啊！”权权摸了摸自己的小肚子说道。

“走吧！咱们去古街的夜市看看，肯定有很多好吃的！”爸爸知道权权是馋了，摸了摸权权的小脑瓜说道。

晚上七八点钟的古街夜市热闹非凡。华灯闪烁，与天空中的一轮明月相得益彰，商铺的红灯笼倒映在弯弯曲曲的小河中，乌篷船静静划过，给这里的夜色增添了灵动的一笔……琳琅满目的商品，带有地方口音的吆喝声，还有扑鼻而来的美食香气都吸引着权权，“网上说这个特别好吃！”权权指着一个大大的广告牌说道，只见 LED 广告牌上闪烁着醒目的五个字：梅子红薯球。

“咱们去尝尝吧！”妈妈说道。

卖梅子红薯球的小哥哥娴熟地制作着美食。权权的目光却始终停留在广告牌上，“梅子红薯球”这五个字的边缘闪闪发亮，走近一看，一个个小小的LED灯安装在那五个字的笔画上。

权权突然眼前一亮：“我有办法啦！爸爸，我想到一个办法！”

“什么办法？”爸爸问道，“难道是……解决高速公路指示牌背光看不清的问题？”

“对呀！用它就能解决啦！”权权用手指了指“梅子红薯球”LED广告牌。

“什么？用梅子红薯球解决问题吗？”妈妈不解地笑着说道。

“当然不是啦！是用广告牌上的小灯呀！”权权连忙解释。

“嗯，这个嘛……”爸爸想了想说道，“不失为一种办法，但是……LED灯需要电吧，不亮了还需要人维修吧？你再好好想一想，一定会想出更好的办法！”爸爸拍了拍权权的肩膀鼓励道。

我也会发明

第二天，权权一家来到古城的园林。天空晴朗，灿烂的阳光透过树叶洒落在地上，园林里的花草散发出淡淡清香；波光粼粼的湖中央有一座小亭子，像一位亭亭玉立的少女，淡雅秀丽；清澈见底的湖中，鱼儿在嬉戏，“苔痕上阶绿，草色入帘青”，瓦屋纸窗下，三杯两盏淡茶别有一番闲情雅致。

权权随着爸爸、妈妈走到一处过廊，在窗边坐了下来。阳光透过过廊窗户的网格，在古朴的地面上画出了横横竖竖的小格子。

权权用脚踩着这些阳光“画”出来的小格子，欢快地跳来跳去。

“权权，喝点水，快坐下来休息一下吧！”妈妈招呼道。

这时，权权兴致正高，根本就没有听到妈妈在招呼他。他看看脚下的小格子，看看窗户，又跑到过廊外面，用手遮阳，眯着眼睛抬头看看耀眼的阳光……

“我想到啦！”权权兴奋地跑到爸爸、妈妈身边，“我的本子和笔……”

“哈哈，就知道你出门喜欢写写画画的，这些笔呀本呀都随身带着，给你准备好了！”爸爸一边说着一边从背包里拿出了笔和本。

权权画了一个指示牌，在指示牌上写下“南京”两个大字，又沿着两个字的边缘画了许多小圆圈。

“这是什么？”妈妈问道。

“这是我要打的孔！如果沿着指示牌的字体边缘打出小孔，阳光照在指示牌上就会穿透小孔，把字呈现出来！”

“这个想法好！不但节能，而且很便捷呢！”爸爸赞叹道。

自驾游结束回到家后，在爸爸的帮助下，权权迫不及待地动起手来。

不怕背光的高速公路指示牌

权权的想法

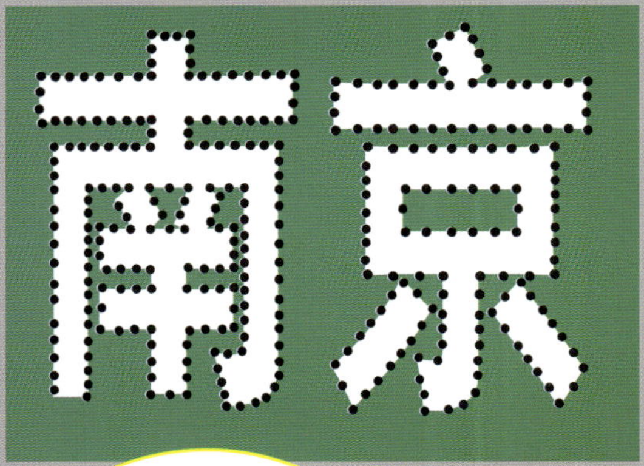

权权在自制的“南京”指示牌上，沿着“南京”的边缘打出了许多小圆孔。

他用家用照明营造背光效果，灯光透过小圆孔，“南京”字形映入眼帘。

“我要去外面试试！”权权一溜烟跑到外面，迎着阳光，他举起了指示牌，这时，光线透过一个个小圆孔将“南京”两个字呈现出来，“太棒啦！”权权和随后跟出来的爸爸击掌相庆。

“咱们去国家知识产权局的网站上查一查有没有类似的专利吧！”爸爸带着权权认真地在网站上查找。“没想到，还真有一个！”爸爸说道，“这项专利是在字体上打上长条形的孔来克服背光的问题……”

一时间，权权十分沮丧，爸爸鼓励道：“权权，你能想到在指示牌上沿着字体边缘打出小圆孔已经非常好了，你再想一想，你的想法和那项类似专利有什么不同呢？那个专利有没有缺点呢？”

爸爸带着权权先按照那项类似专利的说明书做出了一个写有“南京”的指示牌，并在“南京”字体上打上了长条形的孔，然后开始做对比实验，实验分为三组，分别是白天正常光线下可视距离对比测试、强背光对比测试和晚间反光对比测试。得出的结论是，沿着字体边缘打有小圆孔的指示牌既保留了原有字体的反光性和可视距离，又增加了透光功能；而在字体上打了长条形孔的指

示牌，字体的实际面积变小了，损失了字体的反光性能和可视距离。综合考虑，沿着字体边缘打有小圆孔的指示牌效果强于在字体上打有长条形孔的指示牌。

“权权，你又进步了！这一次，你不但有了发明创造的好想法，还学会了根据不同的情况做对比实验，”爸爸鼓励道，“这个小发明可以去申请专利啦！”

窗外的阳光映在权权洋溢着自信的脸上，更加明媚了。

结束

The end

看完《不怕背光的高速公路指示牌》，你想到了什么？（写一写，画一画）

我也会发明

4

“变脸”日历

素材提供

南京市芳草园小学
发明学生：张艺朵
指导教师：郑昕

我也会发明

不知不觉地，冬天来了。时光悠然自得地漫步在一片白茫茫的雪景中，想要融化在午后慵懒的阳光里。

权权不舍地将 12 月的这页日历翻了过去，感叹道：“唉，我的海贼王限量版日历，已经用完了……真是舍不得！”这个卡通日历，是权权在商场抽中的一等奖奖品呢！

权权一遍一遍地翻着日历，想再细细地欣赏一番每页上的故事。“权权，在看什么呢？”妈妈走过来问道。

“日历要用完了，我再看看，舍不得扔掉！”

“再换一个新的，”妈妈劝着权权，“旧的不去，新的不来嘛！又可以用新的日历了，应该高兴才是！”

“可这个海贼王日历是限量版的，还这么新呢，扔掉真可惜！”权权噘着嘴说道。

“那你就想想办法，看能不能发明一个可以不用换的日历！”妈妈是说者无心，可权权是听者有意。不用换的日历？权权眼珠转了转，心想：不同的年、月、日，日历的每一页都在变化，做一个可以不用换的日历，怎么可能呢？！

“再过一阵子就是元宵节了，商家会有抽奖活动，看咱们权权幸运的小手能不能再抽中一个奖品啦！”爸爸笑着安慰权权。

转眼间，元宵节到了。夜晚，家家户户张灯结彩，街道上各式各样的花灯姿态万千，树枝上挂满彩灯，流光溢彩。爸爸、妈妈带着权权和姗姗妹妹来到商场。商场里，热闹非凡，温暖如春，各种饰品琳琅满目，服装式样繁多，动漫手游品种齐全……最吸引权权和姗姗的还是游乐区：有充气城堡，有长长的滑梯，有“飞一般”感觉的蹦蹦床，有电动小火车，还有一串串大红灯笼……权权和姗姗妹妹用力拉着妈妈、爸爸的手，把他们拖到了游乐区。

“权权，这有猜灯谜游戏，”爸爸指着一串串大红灯笼说道，“元宵节猜灯谜最有意思啦！”

“我最喜欢猜灯谜啦！”权权赶紧跑过去一看究竟。

“猜灯谜？”姗姗妹妹不解地问道，“元宵节为什么要猜灯谜呢？”

权权清了清嗓子，开始给姗姗妹妹普及小知识了：“元宵节猜灯谜啊，从古代就开始流传了。每逢农历正月十五，家家户户要挂彩灯、放烟火……后来有人把谜语写在纸条上，并贴在五光十色的彩灯上让人猜……只有聪明的人才能猜中呢！”

爸爸补充道：“是啊，猜谜语增添了节日气氛，又能启迪智慧，很多人都喜欢参与其中，猜灯谜就逐渐成为元宵节的经典活动了。”

只见大家都围在红灯笼下，有的眉头紧锁，有的若有所思，都想着先于他人猜中谜底。

“赶紧看看，都有什么谜语，”妈妈先读了一个，“拍一个巴掌，猜一地名。”

权权不假思索地一下把这张纸扯了下来：“太简单啦！‘五指山’！”

“看看这个，有点难度：有心方得志——打一个两个字的节日简称。”爸爸看着谜面说道。

权权搓着下巴、皱着眉头念叨着：“这是什么意思呀？”

“有心……得志。”姗姗妹妹也在一遍一遍地读着谜面。

权权突然灵光一闪：“有心……得志，那……没心呢？把‘志’字下面的‘心’去掉，就是‘士’……我知道啦！谜底是‘十一’！”权权胸有成竹，开心地跳起来摘下了贴纸。

“看看这个呢，不大充足——打一个节气。”

“姗姗，你会背二十四节气，快给我们背一下，让我们对照一下‘不大充足’是哪个节气。”妈妈说道。

姗姗开始断断续续地背道：“春雨惊春清谷天……夏满芒夏暑相连……秋处露秋寒霜降，冬雪雪冬……小大寒。”

权权一个节气一个节气地重复着：“‘不大充足’……那应该是……‘小满’！”

“小满！小满！”姗姗开心地拍着手。

权权和姗姗兴高采烈地拿着猜中的三个贴纸，兑换了三个礼物，可就是没有权权最喜欢的海贼王限量版日历。

“哥哥，快来拍照，那里有海贼王！”姗姗妹妹叫权权来到一个“拍照区”。权权一看，海贼王路飞的轮廓在，可“脸”是空的，小朋友可以把脸伸进去，将自己“变”成海贼王！

有很多小朋友都在排队等着拍照呢！

“太好啦！我要变成海贼王啦！”权权赶快去排队。一个、两个、三个……海贼王“变脸”的速度真快，马上就要轮到自己啦！

权权盯着海贼王的“脸”，他突然想到了什么：“小朋友们一个一个去‘换脸’，可海贼王的轮廓始终不用换……我的日历是不是也可以制作成一个只‘换脸’的日历呢？”

回到家后，权权就动手制作“换脸”日历。他仔细地观察日历上的数字排列，突然间豁然开朗，心想：其实只要确定每个月开头的第一天是星期几，就可以做成一个插卡日历了！

可重复利用的日历

权权的想法

试一试吧！权权把一个废弃的日历本做成一张6行7列开孔的纸卡，最后一行只开前两个孔。

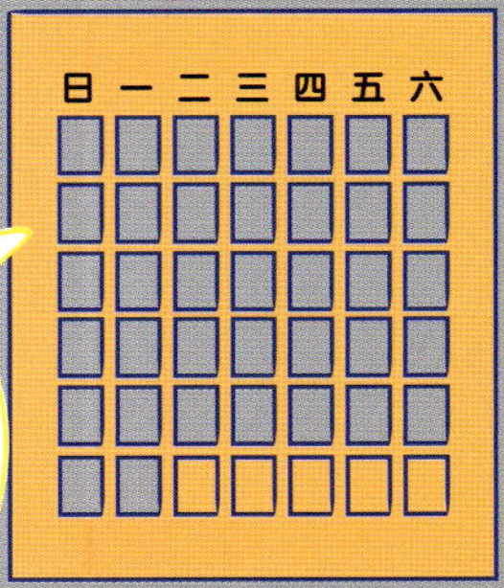

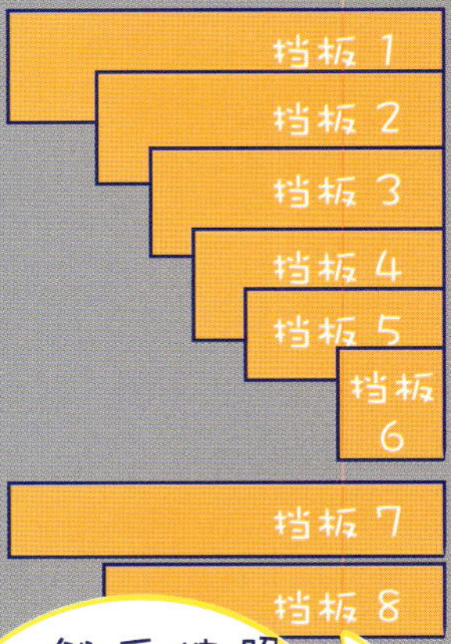

然后按照每月1日从第几个空格开始的次序，做了7张日历卡。

还做了8张挡板，挡板用来解决每个月最后一天是28日、29日、30日，还是31日的问题。例如，某年2月1日是星期六，2月有28天，就用挡板6和挡板7来解决。

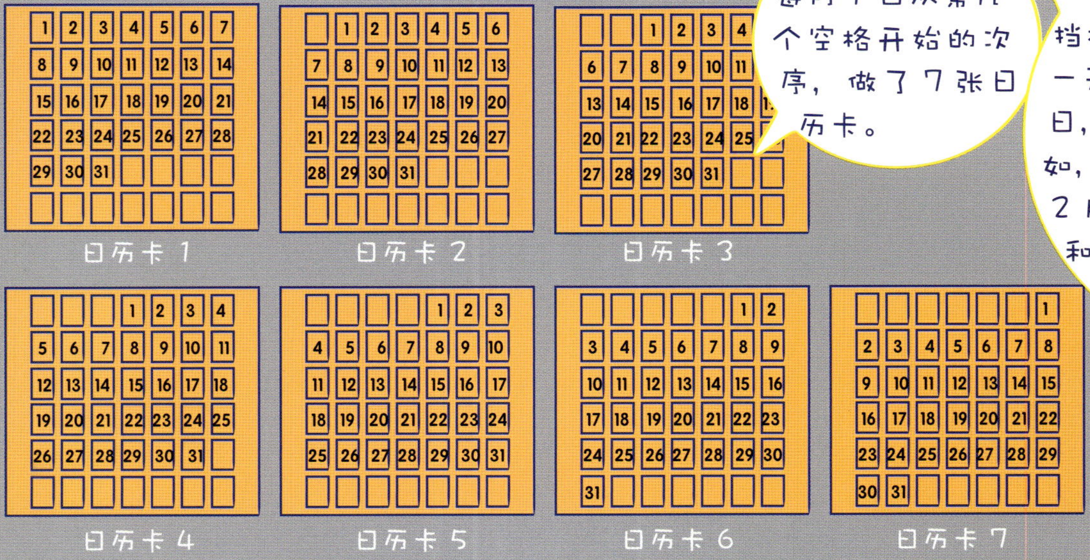

“大功告成！”权权扬扬得意地喊妈妈过来观看他的新发明，“妈妈，我又有一个新发明！”

妈妈看着“千疮百孔”的日历本一脸疑惑地问道：“这是什么呀？怎么把日历都剪成这样了？”

“哈哈，这是我的新发明，且听我慢慢道来！……”权权不慌不忙地解释道。

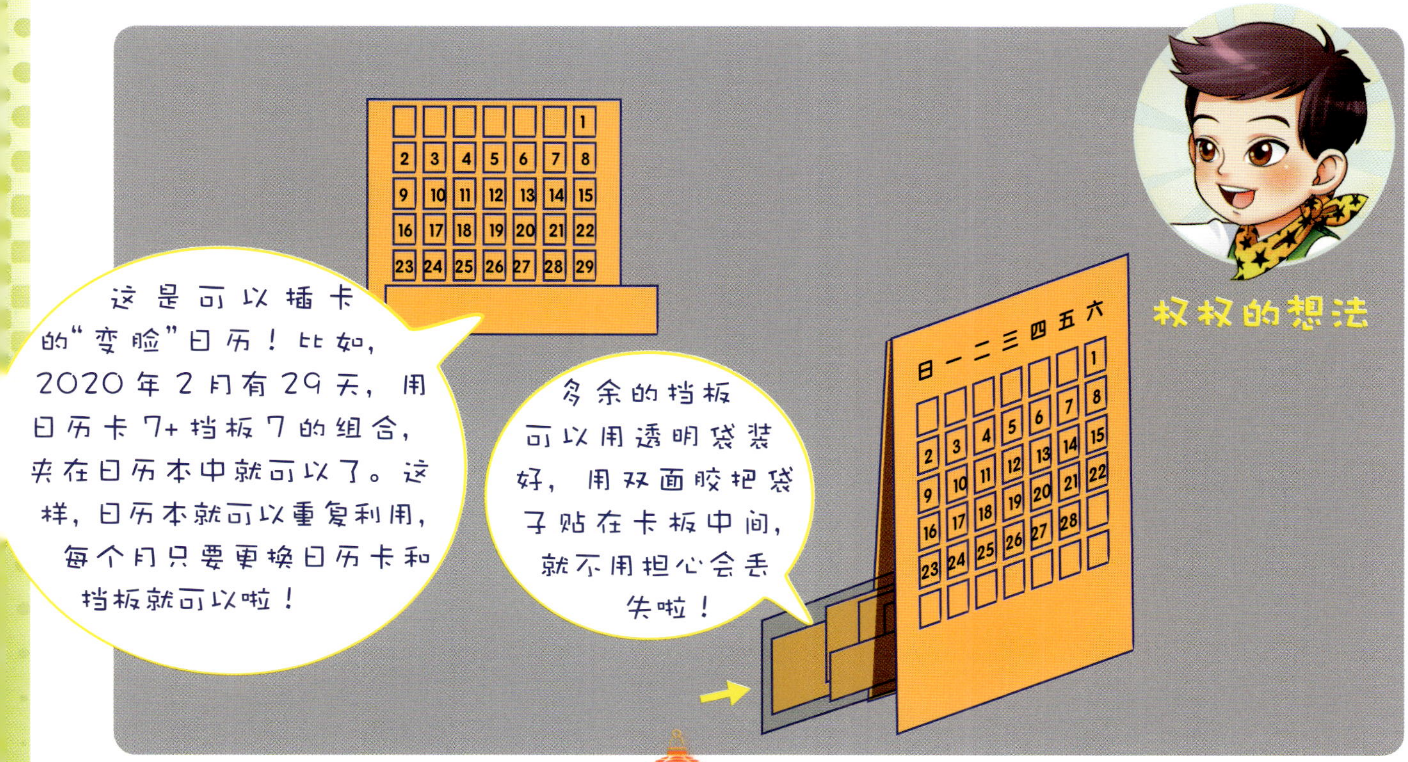

我也会发明

“权权又有了新发明？”爸爸闻声赶来，拿起权权的“变脸”日历赞不绝口，“权权，我很好奇，你是怎么想到的啊？”

“这得感谢姗姗，要不是她叫我去和海贼王路飞合影，我也不会这么快就想到做一个‘变脸’日历呀……”

看来，要做一个爱动脑筋的人，生活中处处都有启发呀！

结束

The end

看完《“变脸”日历》，你想到了什么？
（写一写，画一画）

我也会发明

5 可乐爆米花杯

素材提供

南京市江宁区铜山中心小学
发明学生：陶静姝
指导教师：陶武

仲夏，徐徐晚风摇着树叶沙沙作响，奏出了夏季清新明快的旋律，给人们送来一阵清凉和舒爽。

权权一整天都在家里“盼星星盼月亮”。终于，夜幕来临，他迫不及待地说道：“妈妈，八点了，我们快出发吧！”

今天晚上八点，妈妈要带权权和姗姗妹妹去看电影。

“妈妈，快走吧！”权权摇了摇手中的电影票。

“还有半个小时呢！”妈妈一边帮姗姗穿衣服，一边说道，“不急，咱们十分钟就能走到电影院。”

“我还要买爆米花和可乐呢！”

“唉，好吧！”妈妈在权权的反复催促下，带他们出了门。

一进电影院，就闻到弥漫在空气中香喷喷的奶油爆米花味道。权权拉着姗姗妹妹快速冲向售货区：“阿姨，我要买两桶爆米花、两杯可乐……哦不，三桶爆米花……三杯可乐！”

“小朋友，买这么多，你能吃得下吗？”售货员阿姨笑着问道。

“能啊！她……她能吃！”权权指着身边的姗姗妹妹说道，“还有……我妈妈……我妈妈也能吃！”

售货员阿姨“扑哧”一声笑了出来，给权权装了满满三大桶爆米花，打了三杯可乐，并用袋子装好。权权一手拎着装可乐的袋子，另一手抱着两桶爆米花，姗姗妹妹抱着另一桶爆米花，两人欢快地回到妈妈身边，爆米花零零散散地掉了一路，可乐也洒在了权权的衣服上。妈妈看着两个小吃货无奈地摇摇头。

他们走进放映厅，座位的扶手上都有个圆圆的底座，可以放饮料杯，可爆米花桶由于直径太大，只能抱在怀里。权权还没等坐下，就馋得抓了一大把爆米花塞进嘴里。

“舒克、贝塔！”权权看着荧幕上的两只小老鼠说道。

“舒克、贝塔？”姗姗妹妹好像还不认识这两只小老鼠。

权权解释道：“舒克喜欢研究飞机，贝塔是一个坦克手，他俩不打不相识，是一对爱冒险的好朋友！”

姗姗听得津津有味，权权继续说道：“飞行员舒克希望通过自己的努力来证明，老鼠也可以靠劳动获得尊重；坦克手贝塔希望通过自己的努力来证明，老鼠也可以变成强者……”

权权和姗姗的大眼睛随着舒克、贝塔的飞机和坦克转来转去，他们聚精会神地看着，两只小手也不闲着：一只手抱着爆米花桶，另一只手不停地将爆米花塞进嘴里，还时不时地拿起可乐喝一大口……

“太棒啦！舒克、贝塔太厉害啦！”权权和姗姗看到舒克、贝塔联手制服敌人，开心地在座位上欢呼雀跃，一不小心将爆米花撒在了座位上、地面上。

精彩的影片结束了。姗姗妹妹完全忘记了自己手中的爆米花，直接站了起来，爆米花“哗——”一声撒得满地都是。

“哎呀！快收拾一下！”妈妈连忙弯下腰将爆米花一个一个捡起来，权权和姗姗也帮忙捡，狭窄的通道瞬间堵塞了。

“你们先走，我来收拾吧！”电影院的保洁阿姨说道。

“抱歉啊！实在太抱歉了！”妈妈一边说着，一边拉着权权和姗姗走了出去。

姗姗妹妹噘着嘴委屈地说：“我不是故意的！”

权权也皱着眉头说：“一直捧着爆米花桶，手都累啦……座位上没有放爆米花桶的位置……”

“那就想想办法吧！”妈妈随口说道。

权权陷入了深思。

这时，姗姗妹妹小声说道：“要是……能把爆米花桶和可乐杯变成一体的就好啦！”

“变成一体的？”权权豁然开朗，“对啊，我们……可以试着把它们组合起来！”

权权瞬间来了精神：“姗姗，留着可乐杯和爆米花桶，咱们回去试一试！”

“好啊！”姗姗拍着手说道，她为自己能和权权一起动手做小发明而开心。

回家后，权权和姗姗拿着可乐杯和爆米花桶左看看、右看看，“怎样把它们组合起来呢？”“可乐杯可以放进扶手上圆圆的底座上，可是爆米花桶不能……”“要想让爆米花桶放进扶手底座上，得做成上宽下窄的模样……”权权嘴里不停地嘟囔着。

这时，电视里正播放着介绍奥运会的纪录片，“奥林匹克火炬传递仪式起源于希腊神话……相传，古希腊的奥林匹斯山是众神的栖息之地，当地人为求风调雨顺，五谷丰登，每隔四年就要祭祀一次众神……”

权权和姗姗都盯着电视里的火炬入了神……权权好像有了主意：“对啊，上宽下窄……可以像……火炬一样！”

权权的想法

可乐爆米花组合装置

1 先在爆米花桶的底部画一个圆，直径要比可乐杯的底部直径稍大一些，然后把这个圆剪下来；

2 接着把可乐杯插进爆米花桶的底部，使可乐杯的下半部分能露出爆米花桶底，并在可乐杯与爆米花桶底相交的部位画上线；

3 用剪刀剪三个三角形的小纸板，并将小纸板的一个边缘折一下，粘上双面胶，把三个小纸板等距离地粘在可乐杯画线的位置上，这样可乐杯就能托住爆米花桶了。

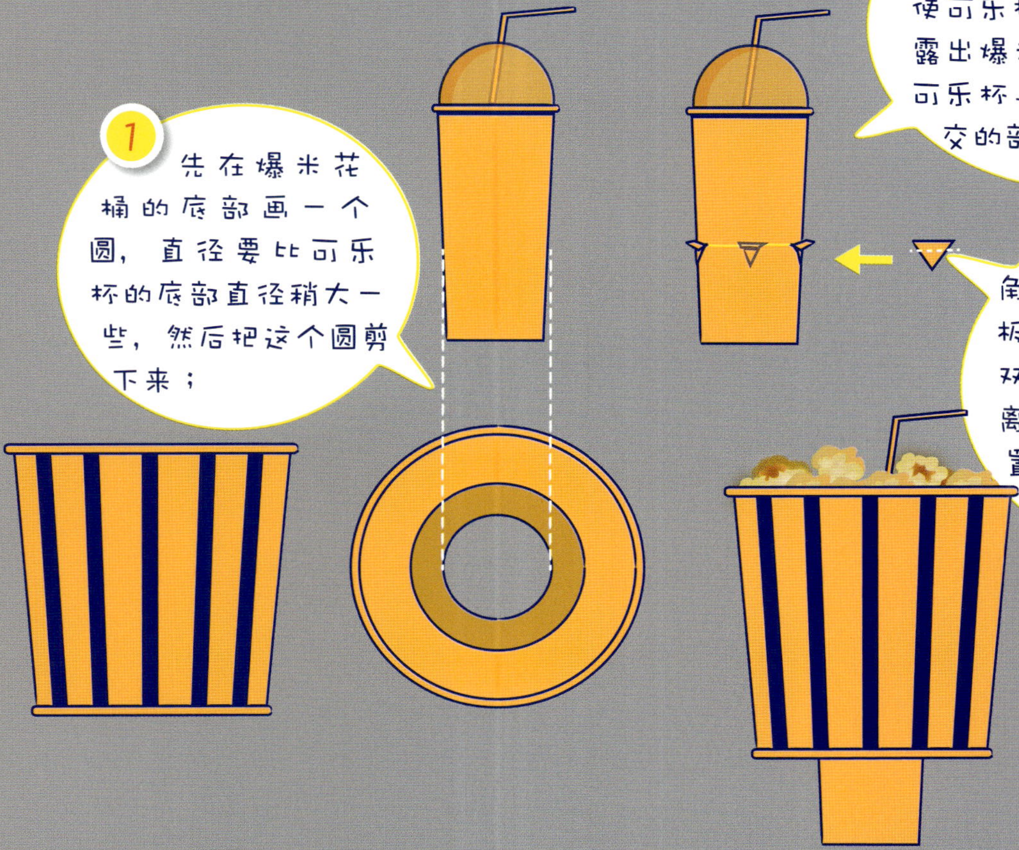

“哈哈！可乐爆米花杯做成啦！”权权和姗姗往可乐杯中倒入可乐，盖上盖子，插上吸管，再把爆米花倒进爆米花桶中。

权权得意地说道：“有了可乐爆米花杯，在放映厅看电影时就可以很轻松地拿起来，喝一口可乐，吃一口爆米花，不吃的时候还能放进放映厅座位扶手的底座上，问题解决了！”

爸爸闻声赶来：“去看了场电影还有收获，又有小发明了？”

“那当然了，看看我和姗姗做的可乐爆米花杯吧！”

“真不错啊！制作方便，成本低，还可以把三个三角形小纸板放平，这样就可以使很多可乐爆米花杯套在一起！”

妈妈拿过可乐爆米花杯看了看说：“这个小发明在方便顾客的同时，可以提高可乐和爆米花的销量啊，因为可乐和爆米花是同时出售的，市场应用前景很可观啊……”

“这可是我跟姗姗一起做的！”

“看来，只要肯思考，开动脑筋，人人都会发明！”一家人沉浸在欢乐中。

结束

The end

看完《可乐爆米花杯》，你想到了什么？
（写一写，画一画）

我也会发明

6

课桌的“围兜”

素材提供

南京市游府西街小学
发明学生：傅怀石
指导教师：王宁 干露 吴迪

我也会发明

夏日炎炎，天热得让人透不过气来。权权躲在房间里趴在书桌上奋笔疾书，即便吹着空调，小汗珠还是顺着脑瓜流了下来。

不过，这些小汗珠可不是热的，而是赶作业“赶”的。

“我得赶紧写完今天的作业，这样就能去看毕加索画展啦！”权权一边嘀咕着一边写作业，还时不时地看看时钟，心早就飞到画展那里了。

一会儿的工夫，权权就拿着作业跑了过来：“妈妈，我写完啦！快带我去看画展吧！”

“这么快？”妈妈用疑惑的眼神看着权权，“我得检查一下！”

“字写得这么潦草，一看就没有认真写！”妈妈用铅笔在权权的语文作业上圈出了很多潦草的字，“这些需要重写！”

权权眉头紧皱，脊背一阵阵发凉，因为妈妈又要检查他的数学作业了。果然，他最担心的事发生了。

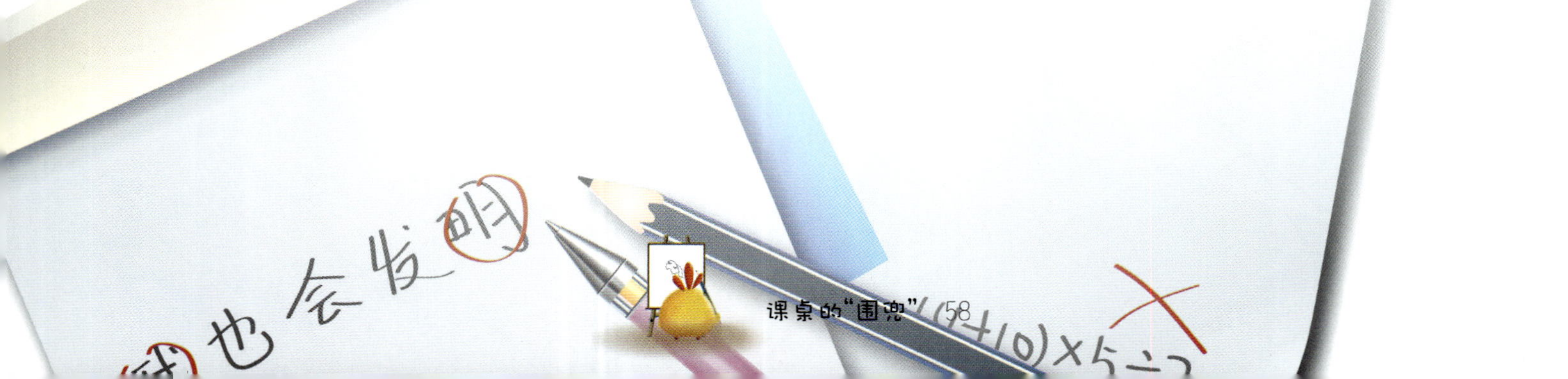

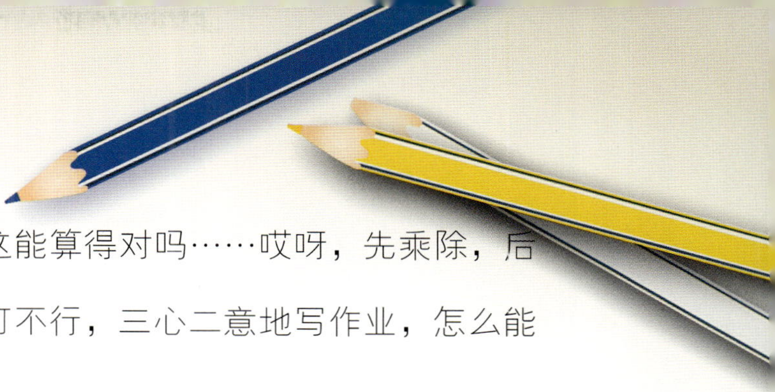

“这个数字没写清楚，数位没对准，这能算得对吗……哎呀，先乘除，后加减，这都忘了？”妈妈批评道，“心急可不行，三心二意地写作业，怎么能把作业写好呢？”

权权羞愧地低着头不说话。

“快回去改一下吧！改合格了才能去看画展！”

权权拿着画了好多圈圈的作业本，慢吞吞地走回房间坐在书桌旁。他眼睛里含着泪水，拿起橡皮擦，把写得不工整的字、算错的题和妈妈画的小圈圈全部擦掉了，满桌子都是橡皮屑。

权权沉下心来，认认真真地修改着作业。没一会儿就改好了，权权又拿给妈妈检查。“嗯，这次写得不错，又快又好！这些题明明都可以算对的，学习时要专注，不能分心，不然一定会出错的！”

“妈妈，我知道了！”权权低着头小声说道。

“好啦，咱们可以去看毕加索画展啦！姗姗都已经等你好久了！”妈妈摸了摸权权的脑袋说道。

走进画廊，权权惊呆了：“这都是些什么画呀？”

“这是抽象画！”妈妈解释道。

“这哪像一个人的脸呀？”权权看得入迷，“虽然线条扭曲，可整体看来却有艺术感呢！”

“奇怪！奇怪！”姗姗不停地说。

“抽象画，就是与自然物象极少或完全没有相近之处，而又具强烈的形式构成面貌的绘画。就是这种奇怪，才成就了作品的杰出艺术！你可以从任何角度看它，体验它的不同！”爸爸看得津津有味。

这时，解说员讲解道：“毕加索的代表作有《拿烟斗的男孩》《亚威农少女》《格尔尼卡》《瓶子、玻璃杯和小提琴》，他的作品或激昂，或狂躁，或可亲，或可憎，或变幻无常、不可捉摸，但他

永远忠于自由……”

“自由……抽象……”权权自言自语，脑袋里浮现出一幅幅画面。

“姨妈，我想吃冰激凌。”姗姗说道。

“一会儿出去就给你买！”妈妈说。

妈妈买了冰激凌递给姗姗，她一边给姗姗戴硅胶围兜，一边说着：“天气太热，冰激凌容易化，戴上围兜就不会弄脏衣服了。”

刚回到家，权权就喊道：“我要开始创作啦！”

爸爸感到莫名其妙：“创作？”

“对啊，我也要画抽象画！”权权一脸自信地说道，“感觉也不是很难画嘛！”

权权来到书桌前，将刚才改作业时擦出来的橡皮屑“打扫”得干干净净，铺上一张画纸，开始“创作”啦！

他用铅笔在纸上画来画去，任“自由之光”在脑海中翱翔。“这里不对……”“那里还要改一改……”他用橡皮擦在纸上擦来擦去，没一会儿工夫，桌子上又满是橡皮屑了。

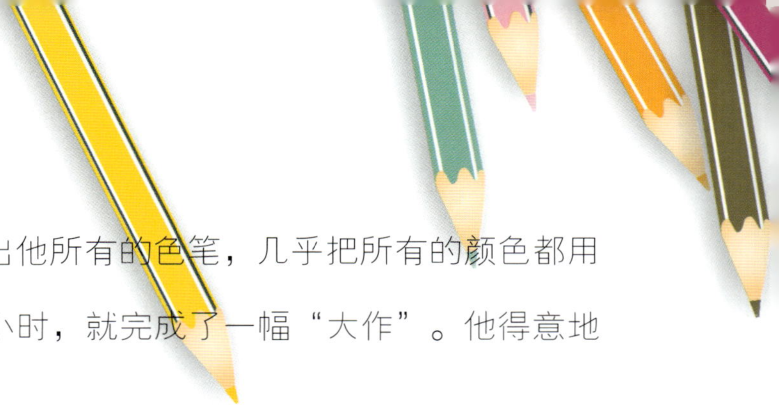

轮廓画好了，该上色了。权权拿出他所有的色笔，几乎把所有的颜色都用了一遍。大功告成！权权只用了半个小时，就完成了一幅“大作”。他得意地喊爸爸、妈妈过来看。

妈妈推开门，走近书桌，还没等看到权权的“大作”，就“哎呀”了一声。原来，书桌上、地上满是橡皮屑。“怎么搞得这么脏？”妈妈去拿扫帚打扫，并没有欣赏权权的“大作”。

爸爸连忙来“救场”：“这幅画嘛，还是有一点点抽象画的意思，不过，抽象画可不像你这么画的哟！需要有思想……”爸爸滔滔不绝地给权权讲了很多。权权听得云里雾里，心想，抽象画没有我想象得这么好画呀！

权权趴在书桌上，手里搓着一粒橡皮屑陷入沉思：“解决橡皮屑的卫生问题，可能比画抽象画还简单一些呢……既可以让桌面干净，

又不用掸在地上……如果能将这些橡皮屑方便地收拾起来就好啦！”

权权努力地思考着：“在桌子的边缘系一个小塑料袋怎么样？”这时，姗姗妹妹戴着硅胶围兜，手里拿着饼干走了过来，权权看到姗姗戴着的围兜里有饼干屑，灵光一闪：“对啊！围兜！这个好！”

权权把姗姗的围兜解了下来，试着将它固定在书桌边缘。

爸爸走过来问道：“又在搞新发明？”

“和画抽象画比起来，我搞发明还是要简单一些哦！我想给书桌也戴上硅胶围兜……”

爸爸听了权权的想法鼓励道：“想法很不错，这可以推广到学校，可以使学生方便地收拾书桌上的小垃圾……我们还可以将这个硅胶围兜做成立体的，使学生胸口与桌边距离为‘一拳’，帮助学生养成正确的写字坐姿哦！”

课桌 3D 立体围兜

权权的想法

真是简单易行，有了它，既能保持卫生，又能帮助学生养成正确的写字坐姿，我要点一个大大的赞！

结束

The end

看完《课桌的“围兜”》，你想到了什么？
（写一写，画一画）

我也会发明

7

铅笔芯的新设计

素材提供

南京市游府西街小学
发明学生：吴修远
指导教师：李华　李建波

自从权权去看了毕加索的画展后，他开始迷恋上画画，每天都趴在书桌上“沙沙沙”地画个不停。这回，书桌的“围兜”可派上了用场，再也不怕橡皮屑这样的小垃圾弄得到处都是了，而且时刻提醒权权正确的坐姿。

妈妈给权权报了素描班，从画鸡蛋开始，再到画水果、画风景、画小动物，几个月过去了，权权画得越来越好了。再过一个星期，权权就要参加画画比赛了，他正抓紧时间练习呢！可是，权权手上的铅笔越来越短，握都握不住了。

“妈妈，我的铅笔都用完了，再给我买一些铅笔吧！”权权拿着一支仅剩下不到五厘米长的铅笔说道。

“放心吧！我早就在网上下了订单，估计今天下午就到货了！”妈妈笑着说道，“预祝你比赛成功哦！”

“叮咚……”下午，一阵门铃声响起，权权迫不及待地去开门，快递员叔叔来送快递了，铅笔到货啦！

权权削好一支铅笔，准备写写画画，谁知笔尖刚刚在纸上画了几下，石墨笔芯竟从笔杆的末端滑了出来。

“妈妈！这是什么笔呀？笔芯都滑出来啦！”权权气鼓鼓地说道。

“哎呀，这应该是没粘牢！”妈妈拿着滑出来的笔芯说道。

“没粘牢？”

“你看，铅笔是由一根石墨笔芯和两片木质笔身，通过胶水黏合、压制而成的，如果在生产时石墨笔芯和木质笔身之间的黏合不牢固，那笔芯就会滑出来！”妈妈解释道。

“哦，原来一支铅笔是这样做出来的呀！”权权点着头，若有所思。

“这是偶然现象，换一支铅笔吧！”妈妈又给权权削了几支铅笔，在纸上画了画，“就用这几支吧，够用啦！”

我也会发明

虽然，权权比赛用的铅笔解决了，可权权还在反复地琢磨：我们平时用的铅笔，其实是有缺陷的，比如，铅笔在使用中，由于握笔的需要，一般用到最后的五六厘米时就没法使用了，石墨笔芯贯穿木质笔身的设计，使废弃的铅笔头末端含有笔芯，造成了石墨的浪费；还有一些黏合不牢固的笔芯，会滑出来……应该解决这些问题！权权来了精神，他一边准备画画比赛，一边想着如何解决铅笔的这些缺陷。

转眼间，就到了画画比赛的这天。美术老师走上讲台宣布：“今天，咱们比赛的题目是画一只会吹喇叭的大公鸡！大家发挥想象力，看谁画得最好！”

权权胸有成竹地拿起笔画起来，其他小朋友也在满怀信心地画起来，看来，大家都做足了准备。

权权很快就画好了一只大公鸡，“好像还缺点什么……”权权想了想，在画纸

的左上方画了一个大太阳，“天亮了，公鸡应该在村庄里打鸣吧……”他一边想着，一边画了一座房屋、一圈栅栏，还给大公鸡画了一个小舞台，权权笔下会吹喇叭的大公鸡的场景越来越丰富了。

权权刚要交卷，又盯着画面看了几眼：“应该在这里加几笔……”

“丁零零……”下课的铃声响了，该交卷了。权权交卷前，无意中看到彤彤画的大公鸡实在太漂亮啦，有那么多漂亮的羽毛，比自己画得好看多了，他瞬间没了信心。

回家后，权权垂头丧气。

“权权，今天表现得如何？”爸爸问道。

“哎，别提了！”权权灰心地说道，“我看到彤彤画的大公鸡比我画的好看！”

“要对自己有信心！我相信，我们权权画的是最棒的！”爸爸一边鼓励着权权，一边拿出三瓶汽水，说道，“来，我和妈妈请你喝汽水，刚比赛完，咱们得庆祝一下嘛！”

“对！咱们庆祝一下！”妈妈一边说着，一边找了三根吸管。

听爸爸、妈妈这样一说，权权的心情好多了，他开心地把吸管顺着汽水瓶口插进去，“咦，这吸管长出了一截，” 权权刚才的注意力还在素描比赛上，这会儿注意到了吸管。“小吸管用完了，我拿的大吸管，有点儿长了……没事，剪短一点儿就好了！”妈妈一边说着，一边拿着剪刀把吸管多余的一截剪了下来。权权盯着被剪下来的吸管认真地看：“我想到了！”

“又想到什么了？”妈妈一脸疑惑地问道，“喝个汽水还能有什么新想法？”

“就是铅笔！我想到解决铅笔缺陷的办法了！”

权权跑回屋子，趴在桌子上专心致志地连写带画，然后他拿着图跟爸爸、妈妈解释。

末端无石墨芯的木质铅笔

权权的想法

目前市场上的木质铅笔笔身及笔芯剖面图

权权设想的木质铅笔笔身及笔芯剖面图

1 在制作铅笔时，在笔身尾巴这里留五厘米左右，不装石墨笔芯。

2 一方面，每支铅笔可以节省五厘米长的石墨笔芯；另一方面，笔身末端没有开出笔芯槽，是实心结构，在笔芯和笔身黏合不牢固的情况下，实心结构可以挡住笔芯，防止笔芯从笔身后端滑出……

通过缩短石墨笔芯的长度，既达到节约的目的又能避免笔芯滑出，一举两得！

我也会发明

虽然原理简单，我们却从来都没想到过，看来爸爸、妈妈都要向你学习啦！

爸爸开心地说道：“你是怎么想到的？”

“我刚才看到妈妈剪去多余的一截吸管，就联想到铅笔头太短不能用了，里面的笔芯也就浪费了。如果将笔身的尾巴那里堵上，既能节省一截石墨笔芯，又能防止它滑出来……”

“这个设计，通过对现有铅笔生产设备进行小小的改造就能实现，是很实用的小发明呢！”爸爸、妈妈赞不绝口。

过了几天，画画比赛的结果出来了。权权、彤彤、嘉美都取得了好成绩，他们的作品被贴在了黑板报上展示：彤彤画的大公鸡，羽毛丰满、色彩斑斓；嘉美的作品，细节描绘得非常好……权权的作品更像给大家讲了一个美丽的故事：在一个小乡村中，旭日东升，一只勤劳的大公鸡拿着小喇叭走了出来，站在高地上，吹着喇叭，引吭高歌，唤醒人们，该起床干农活了……权权露出了自信的笑容。

在回家的路上，树枝上唱歌的小鸟、风中摇曳的彩旗、天空中飘浮的云朵，一一映入权权的眼中，他要用他的画笔，把今天的美好画下来……

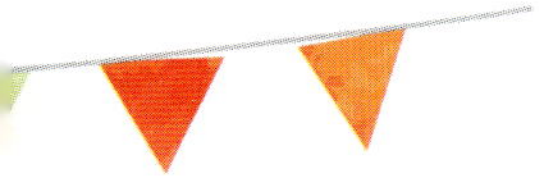

结束

The end

看完《铅笔芯的新设计》，你想到了什么？

（写一写，画一画）

我也会发明

8

椅子“分身术”

素材提供

南京市石鼓路小学
发明学生：姚子潇
指导教师：钱红

时间过得真快，伴着纷纷飘落的鹅毛大雪，新的一年即将开始。

为了准备迎新年元旦晚会的表演节目，权权和姗姗妹妹排练了好长时间。

“你们两个的节目准备好了吗？”妈妈问道。

“准备好啦……不过，我怕一紧张会忘词儿，诗朗诵太难了，”权权不自信地说道，“还是姗姗妹妹跳舞好，忘记动作了还能看看旁边的人……”

“紧张什么？”妈妈说道，“观众都是你的同学和同学家长。”

“人……太多啦！”权权一想到台下有那么多的观众，就不由得紧张起来。

“别想那么多啦，就像平时在家里一样，爸爸、妈妈在台下看你哦！”说着，妈妈从卧室里拖出来一把小椅子，准备看演出时带着，以防学校小礼堂里没有那么多的座位。

爸爸、妈妈带着权权和姗姗妹妹提前一个小时就来到学校小礼堂。舞台就在小礼堂的正前方，八盏大红灯笼分挂两边，舞台两侧的墙上贴满了迎新春的祝福语，舞台上五颜六色的气球在彩色灯光的照耀下绚丽夺目。

“权权，你站在台上，咱们再练习一遍《雪花的快乐》吧！”妈妈把权权推向舞台的正中间。

站在台上，权权的脑海中仿佛出现了很多“雪花”，但这可不是窗外纷纷飘落的雪花，而是像电视没信号时屏幕上的“雪花”，权权的小心脏怦怦地快速跳动，他呼吸加快，竟一个字也说不出来了……

妈妈见状赶紧提醒道：“假如我是一朵雪花……”

权权回过神来，机械地背着：“假如我是一朵雪花，翩翩的在半空里潇洒，我一定认清我的方向——飞扬，飞扬，飞扬，这地面上有我的方向……”虽然他非常紧张，几乎忘记了妈妈教他的朗诵动作，但这些句子就像刻在脑子里一样，权权很流利地背了出来。

权权“朗诵”完，妈妈让权权留在舞台上，对他说道：“尽管刚才很紧张，你还是能一字不错地朗诵出来。这是你每天都下功夫背诵的结果，一会儿表演的时候，希望你能克服紧张情绪，把平时练习的水平展现出来，今天你就战胜了你自己！”

“妈妈，我知道了！”权权做了个深呼吸，走下台来。

“这后台也没个休息的地方，还好我带了小椅子，快坐下来休息一会儿吧！”妈妈一回头，看见姗姗已经坐在小椅子上了。“妹妹小，还是妹妹坐吧！”权权说道。这时，姗姗从小椅子上站起来，说道：“哥哥坐！”

“姗姗，你坐吧，我站着就行了。”权权一边说着，一边反复地在心里念叨着《雪花的快乐》。

“只有一把小椅子，再带一把就好了！”妈妈说道。

“再带一把椅子？后备箱里不好放啊……”爸爸说道。

妈妈和爸爸你一言我一语地说着。

权权听见了妈妈和爸爸的对话，一走神就背错了：“假如……我是一把椅子……”“哈哈哈……”姗姗笑道，“哥哥，你刚才说，假如你是一把椅子！”

“哎呀，都怪你们在说椅子的事，我都背错了！”

“带两把椅子就好了！”妈妈反复地说。

权权心想，等演出完，我就要想个办法解决这个问题！

这时，一辆玩具小汽车“横冲直撞”地冲进后台，正好在权权的脚边翻了车。

“铮铮！别闹！”老师在维持秩序。

“我正在练习……练习……”铮铮拿着他的爱车，挠着脑袋一本正经地解释，“明年啊，我打算出一个节目，叫“遥控车队之舞”！我会指挥车队在舞台上跳舞……”

“这个想法很有新意！不过，不能在这里练习哦，演出要开始了，演员们正准备上场。”老师说道。

“知道啦，老师！”铮铮看到了权权，说道，“权权，明年加入我们的车队吧！”

“好啊！我的遥控技术可不比你差哦！”权权说道，“给我看看你的新车！”

铮铮看到老师离开了，把他新车遥控器的天线“嗖”地拉出来：“你试试，这款超酷的！”

“这个天线能拉出来好长！”权权仔细地观察着天线。

时间一分一秒地过去，学校小礼堂的人越来越多，同学们在家长的陪同下有序入场，有的拿着小彩旗，有的提着小红灯笼，还有的带着荧光棒……

六点整，小礼堂爆发出一阵热烈的掌声，舞台上的帷幕缓缓拉开，姗姗和小伙伴们的开场舞在热场了，伴着欢快的音乐，她们旋转、跳跃，花儿一般灿烂的笑容感染着台下每一位观众。

几个节目过去了，权权的诗朗诵就要开始了，他在心里不停地默念：“不要紧张、不要紧张……”

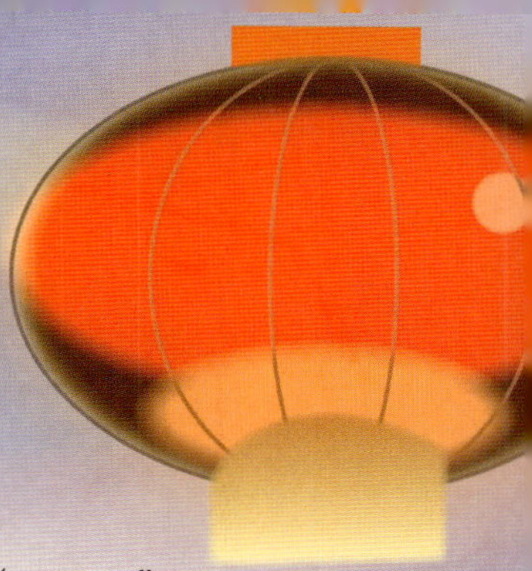

这时，只听主持人说：“下面，由三年级二班的权小乐为大家带来配乐诗朗诵《雪花的快乐》，大家掌声欢迎！”

“权权，加油！”老师拍了拍权权的肩膀，鼓励道，“勇敢地上台吧！”

权权做个深呼吸，沉着地走上舞台，他看到舞台下，妈妈、爸爸和姗姗妹妹在向他挥手，为他加油，瞬间信心十足。

熟悉的音乐响起，权权仿佛置身其中，开始他的朗诵：“假如我是一朵雪花，翩翩的在半空里潇洒，我一定认清我的方向——飞扬，飞扬，飞扬，这地面上有我的方向……”

诗意的音乐，洪亮的声音，潇洒的动作，权权朗诵结束后，全场一齐欢呼起来，掌声阵阵。

“今天晚上，你们两个表现得太棒啦！应该有奖励哦！”晚会结束后，妈妈开心地说道。

“妈妈，我想要一个新的遥控赛车！明年要跟铮铮一起出节目呢！”

“好吧，给你买，我们说到做到！”妈妈和爸爸笑着答应了。

“太好啦！”权权很开心，因为他不但有新赛车的奖励，而且克服了自己在众人面前表演的紧张情绪，他决心今后还要继续努力，把应该学习的知识学得扎实、熟练，这样他在考场上也不会因为紧张而答不出来了。

回到家里，权权开始思考“椅子”的问题了，但始终也没有眉目。

“君子一言，驷马难追！看看这是什么？”这天，爸爸回家时拿着新赛车在权权面前晃了晃。“赛车！”权权兴奋地从书桌旁跳了起来。

权权给遥控器装上电池后，把天线从遥控器中拉了出来，突然，他好像想到了什么，又把天线收了回去，来来回回收拉了几次。

爸爸好奇地问道：“怎么？天线不好用吗？”

这时，权权瞬间来了灵感：“爸爸，我想到一个解决椅子的办法！”

“解决椅子？”

“对啊！就是‘拉伸座椅’，像天线一样可以拉伸，我画给你看！”

可拓展的靠背椅

权权的想法

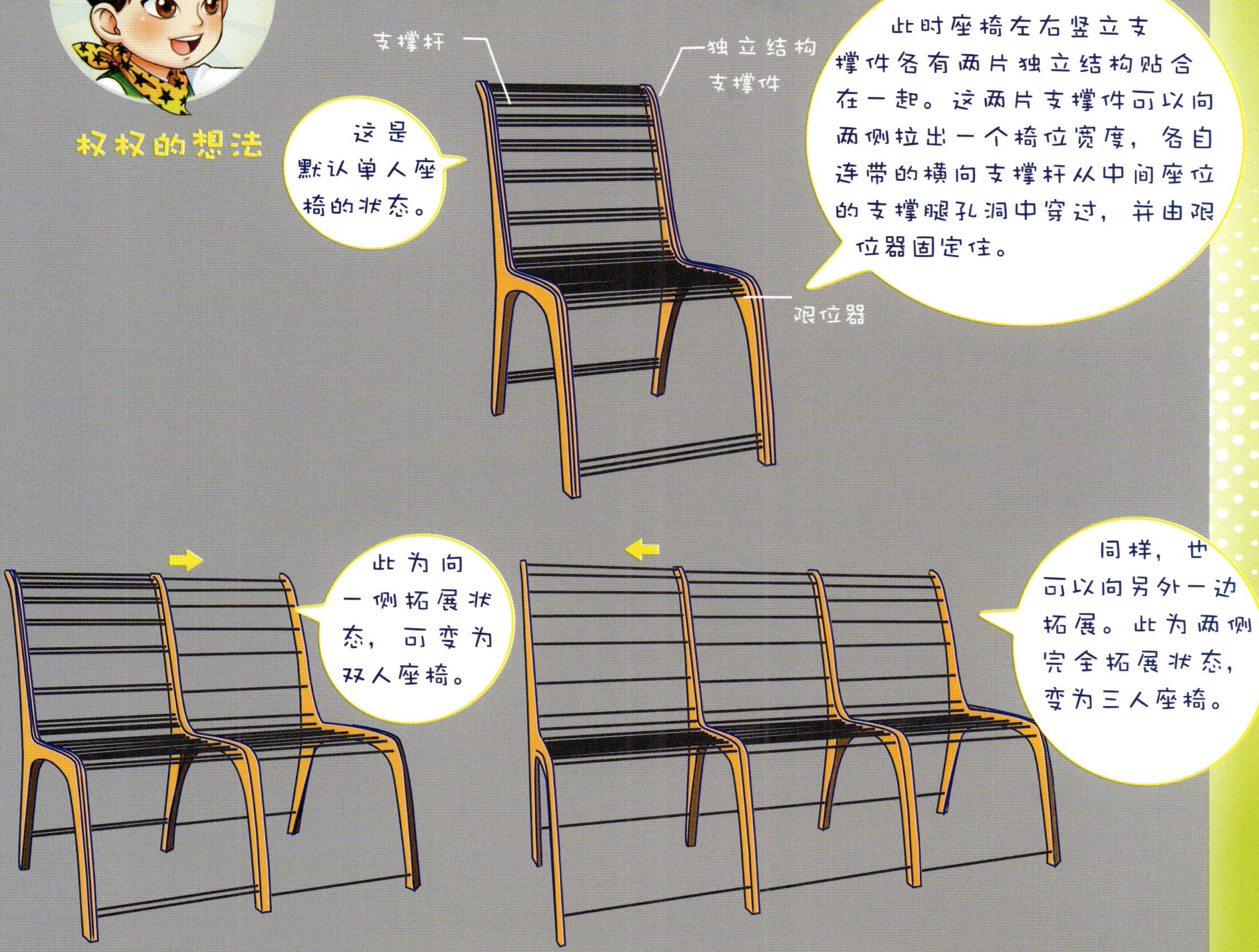

我也会发明

“座椅可根据实际需要灵活拓展，收纳时即变为单人座椅状态，节省空间，便于搬运。”权权解释道。

“不错啊！奖励你这个赛车，你还想出来一个小发明！”爸爸看后大为惊讶，稍后补充道，“抽拉式横杆支撑件，与座椅竖立支撑件上预留固定孔洞的契合精度很重要……”

妈妈也来“围观”：“这个想法太好了，这种设计便于搬运、收纳，我都等不及想要一个这样的椅子啦！”

“希望我们学校开春季运动会的时候，咱们就可以用上这把椅子！”权权说道，“老爸，一定要帮我尽快实现啊！”

爸爸自信地说道：“包在我身上！到时候，保证让你拿着这把椅子，给大家变个椅子‘分身术’的小戏法！”

结束

The end

看完《椅子“分身术”》，你想到了什么？

（写一写，画一画）